임꺽정 짧게 읽기

임꺽정 짧게 읽기

펴 낸 날/ 초판1쇄 2020년 3월 27일
지 은 이/ 편집부 편

펴 낸 곳/ 온누리
펴 낸 이/ 김용항
출판등록/ 1982년 12월 6일(제아-20호)
주 소/ 충북 청주시 상당구 수동 90-4
의/ (대표전화)02-324-4790, (전송)0505-115-62879

정가 10,000원

ISBN 978-89-8367-310-7 03810

임꺽정 짧게 읽기

편집부 편

온누리

차례

임꺽정

(요약본)

…… 임꺽정이란 옛날 봉건사회에서 가장 학대받던 백정계급의 한 인물이 아니었습니까? 그가 가슴에 차넘치는 계급적 해방의 불길을 품고 그때 사회에 대하여 반기를 든 것만 하여도 얼마나 장한 쾌거였습니까?

— 중략 —

물론 이 소설을 구상하고 표현할 때에는 광범위한 계층의 인물을 독자로 하는 신문소설이니만큼 용어 등에도 각별히 주의하여 대중이 읽도록 쓰느라고 하였으나 얼마나 성공하였을지 스스로 의심하고 있습니다.

—『삼천리』 1호, 1929년 6월. 27쪽

봉단편

「봉단편」은 연산(연산군) 조를 시대적 배경으로 하여 임꺽정이 탄생하기 이전까지의 내용을 다루고 있다. 제목을 『임꺽정』으로 했지만 이 부분에서는 임꺽정에 대한 언급이 없다.

연산 조의 홍문관 교리였던 이장곤은 갑자사화에 휘말려 거제도에서 유배 생활을 하게 된다. 거기서 그는 모든 걸 포기하고 절벽에서 뛰어내리려던 순간 한양을 뜨기 전 친구 정희량이 액색한 경우를 당하여 자처할 생각이 날 때 뜯어보라고 건네주던 봉투를 떠올린다. 급히 뜯어보니 거기에 이런 글귀가 있었다. 주위상책북방길(走爲上策北方吉-북방으로 달아나는 게 가장 좋은 방책이다). 이에 이장곤은 곧바로 탈출을 감행하여 성공을 하게 된다.

배소를 탈출한 그는 철저히 신분을 숨긴 채 전국을 떠돌며 유랑 생활을 한다. 우연히 들른 함흥 땅에서 고리백정의 딸인 봉단을 만나게 되는데, 이 계기가 야사와 맥이 닿아 있다. 길을 가다가 중 목이 말라 마침 우물가에서 물을 긷고 있는 처녀에게 물을 청하자 처녀는 바가지로 물을 떠 그 위에 버들잎 몇 잎을 띄우는 것이었다. 급히 마시다 탈이 날까 저어한 행동이었다. 이 처녀가 바로 봉단이었던 것이다. 그 세심하고 사려 깊은 배려에 호감을 가진 이장곤은 그녀를 따라가 혼인을 하고 처가살이를 한다.

고리백정이란 백정 중에서도 고리버들로 바구니를 만들어서

파는 백정을 말한다. 그러니까 홍문관 교리가 고리백정의 딸과 혼인을 한 것이니 당시 사회로 보면 어머어마한 파격이 아닐 수 없다. 어쩌면 도망자로서 궁여지책이었겠지만 이장곤은 끝까지 신분의 차이를 핑계로 봉단을 버리지 않는다. 오히려 어떤 경우에도 자신을 남몰래 감싸주고 이해해 주는 봉단을 마음으로도 아꼈다. 봉단도 마찬가지로 그런 이장곤을 성심성의껏 받들고 존경한다.

그러나 이장곤은 원래 태생이 양반인지라 백정 가족의 일원으로 살아간다는 것은 그리 녹록지만은 않았다. 일에 익숙지 않아 장인 장모의 구박을 받기가 일쑤였고 주변의 시선도 곱지 않았다. 그렇다고 신분을 밝힐 수도 없는 노릇이었다. 작가는 그런 처지에 놓인 이장곤의 눈을 통해 당시 하층민들이 겪는 고초를 생생하게 보여주고 있다. 하찮은 권력을 이용하여 힘없는 고리백정의 물건을 뺏고 오히려 멍석말이를 하는 장면은 대표적이다.

이후 이장곤은 중종반정이 일어나자 고을 원에게 자신의 신분을 밝히고 상경하여 동부승지로 천거된다. 또한 그간의 시말(始末)을 묻는 왕에게 봉단과 혼인하게 된 사연과 봉단의 사람됨을 고하자 왕(중종)은 그런 여자는 천첩(賤妾)으로 대접할 수 없다 하여 봉단에게 숙부인의 첩지를 내린다. 봉단의 입장에 보면 일약 천정부지의 신분 상승을 하게 된 셈이다. 백정의 딸에서 숙부인이 되었으니 이만저만한 신분상승이 아니다. 염량세태(炎涼世態)라 했던가. 이장곤이 신분을 회복하고 봉단이가 숙부인이 되자 어제까지만 해도 멸시와 천대를 받던 백정의 집이 갑자기 승지 사위를 두었다는 이유로 문전성시를 이룬다.

양주팔은 봉단의 숙부로 백정이자 학자였다. 봉단과 함께 상경한 양주팔은 묘향산 구경을 갔다가 그곳에서 도인 이천년(정희량)을 만나 그에게 천문지리와 음양 술수를 전수 받는다. 묘향산에서 돌아와 이장곤의 주선으로 재취를 한 그는 지금도 고리장골이라 불리는 곳에서 바구니를 만들며 소일한다. 그러나 바구니의 재료인 고리버들 구하기가 어려워지자 변두리 동촌으로 이사를 한다. 거기서는 고리백정이 아니라 갖바치 일을 시작한다. 갖바치는 가죽신을 만드는 백정을 말한다. 뒤이어 상경한 봉단의 외사촌 임돌이도 양주팔의 주선으로 양주 소백정의 데릴사위가 된다. 바로 이 임돌이 임꺽정의 아버지이다.

그러니까 임꺽정은 임돌의 아들이고, 임돌은 이장곤의 아내인 봉단이의 사촌 오라버니이다. 그래서 작가가 서두의 소제목을 「봉단편」이라고 했는지는 모르겠지만, 따지고 보면 봉단이와 임꺽정은 그리 가까운 사이가 아니다. 그래서 소제목만 보고 봉단을 임꺽정의 어머니로 예단하고 읽던 독자들은 당혹감을 느끼게 된다. 그렇다고 양주팔처럼 소설 전체에서 아주 중요한 역할을 하는 인물도 아니다. 그저 임꺽정의 아버지가 사촌 오라버니라는 것뿐이다. 그런데도 작가는 소설의 서막을 장식하는 인물로 봉단이를 택했다. 조금은 의아하고 독특하다.

오히려 이 서두 부분에서 눈여겨 보아야 할 인물은 봉단이가 아니라 양주팔이다. 그는 천문지리와 음양 술수, 그리고 예지력을 갖춘 천민 학자이며 동시에 임꺽정의 스승으로서 임꺽정의 가치관에 지대한 영향을 미치는 인물이기 때문이다.

피장편

피장(皮匠)이란 가죽을 다루는 장인을 이르는 말이다. 피장의 순 우리말은 갖바치이다. 그러므로 이 「피장편」은 갖바치를 중심으로 전개되는 이야기를 엮은 부분이다. 임꺽정의 스승 양주팔이가 바로 갖바치였다. 중종 조를 시대적 배경으로 하고 있다.

이조판서 이장곤과의 인연으로 정암 조광조 등과 교우하게 된 양주팔은 정변을 예견하고 조광조에게 낙향할 것을 권유한다. 그러나 조광조는 신하된 자의 충성을 강조하며 권유를 거부하다가 결국 기묘사화를 당해 사사되고 만다. 여기서 그 유명한 '주초위왕(走肖爲王)'이라는 파자(破子)풀이 일화가 등장한다. 파자를 모으면 '조왕(趙王)', 즉 조(趙)씨가 왕이 된다는 뜻이다. 나뭇잎에 꿀로 글자를 쓴 다음 이를 벌레가 파먹게 하여 마치 천연적으로 생긴 것처럼 꾸며 조광조를 모함한 것이다.

임돌이의 딸이 갖바치 양주팔의 아들과 혼인하게 되자 같이 상경한 임꺽정은 한 동네에 사는 이봉학, 박유복과 함께 의형제를 맺고 양주팔에게서 글을 배운다. 이 와중에 이봉학은 활쏘기에, 박유복은 창던지기에, 임꺽정은 검술에 뛰어난 재능을 보여 훗날의 활약에 대한 복선을 깔아 놓는다.

여기서 반드시 짚고 넘어가야 할 인물이 있으니 바로 김덕순과 박연중이다. 김덕순은 성균관 대사성 김식의 둘째 아들로 힘이 장사였고, 박연중은 처 유모의 아들로 이 또한 힘이 장사였다. 조광조, 김식 등이 기묘사화로 죽자 기묘사화를 일으킨 남곤과 심정 등을 죽이려 한다. 그러나 실패하여 도망자가 된다. 수배령을 피해 김덕순은 창령으로 도피하고 박연중도 감쪽같이 행적을 감추어 버린다. 김덕순은 나중에 남곤과 심정이 죽어 신원이 회복된다. 상황이 어느 정도 진정되자 양주팔은 일찍이 사람됨을 알아본 임꺽정을 데리고 견문을 넓힐 겸 유람을 떠나기로 한다. 이때 기묘사화를 일으킨 남곤 등을 살해하려 함께 모의했던 박연중의 행적이 궁금했던 김덕순도 이들을 따라나서게 된다. 이 유람 중에 서화담과 황진이를 만난다.

그리고 마침내 멸악산에서 멸악산 화적패가 되어 있는 박연중을 만난다. 서로 무사함을 확인한 그들은 그 동안의 회포를 푼다. 그리고 뜻하지 않게 임꺽정은 거기서 옛날 자신에게 검술을 가르쳐주던 늙은 검술 선생을 만나 감격의 기쁨을 나누기도 한다.

박연중의 무사함을 확인한 김덕순은 다시 양주로 돌아오고 임꺽정도 이에 동행한다. 그러나 양주팔은 유람을 계속해 기인으로 유명한 성희량을 만나고, 그가 죽자 묘향산에 들어가 불문에 귀의하여 병해대사가 된다.

병해대사가 되어 얼마 후 하산한 양주팔은 또다시 임꺽정을 데리고 유람에 나선다. 북쪽으로 길을 잡았다. 그래서 북쪽 백두산에까지 이르게 되는데, 그 깊은 산속에서 일곱 두령 중 다섯째가 되는 황천왕동이를 만나게 된다. 그 황천왕동이의 누나가 바로 운총이다. 황천왕동이와 운총은 사슴을 맨손으로 제압하고 곰마저도 단칼에 죽이는 임꺽정의 괴력을 보고는 금세 반해 버린다. 이에 양주팔의 주선으로 임꺽정은 운총과 백년가약을 맺는다. 그때 그의 나이 스물이었다.

운총은 선머슴과 같은 여인이다. 백두산에서 태어나 백두산에서 자라며 세상과 단절된 삶을 살았으니 그럴 만도 하다. 사용할 줄 아는 언어도 부모에게 배운 어휘에 한정된다. 호랑이를 얼룩이, 표범을 바둑이, 곰을 검둥이라고 불렀다. '장가간다'라든가 '시집간다'라는 어휘도 몰랐다. 그러니 당연히 아이를 어떻게 하여 낳는지도 몰랐다. 하지만 몸은 이미 성숙한 여인네로 임꺽정과 지내는 며칠 동안 금세 남녀간 운우(雲雨)의 이치를 터득한다.

혼인까지 했지만 임꺽정과 양주팔은 백두산에 오래 머무르지 않는다. 운총에게 나중에 양주로 오라는 말을 남기고 백두산을 떠난다. 이번의 행선지는 조선의 맨 남쪽 제주였다. 그 도중에 만난 사람이 다름 아닌 쇠 삿갓으로 유명한 토정 이지함이다.

작가는 이 주유천하의 여정에서 실제로 존재했던 당대 지식인들, 그러니까 이황, 서경덕, 정희량, 이지함 등을 등장시킴으로써 그들이 가졌던 지혜와 철학을 자연스럽게 소설 속으로 끌어들인다. 이를 계기로 임꺽정이 세상을 보는 안목을 키우게 되었음은 두말할 나위가 없다. 무량대각의 힘에다가 검술과 병법을 더하고 거기에 세상을 보는 안목까지 갖췄으니 훗날 청석골의 총 두령이 될 수 있는 능력은 바로 이때 갖추어진 것이라 해도 과언이 아니다.

유람, 그러니까 주유천하(舟遊天下)를 마치고 돌아온 임꺽정은 창녕에서 이장곤 부부와 해후를 한다. 거기서 중놈에게 겁탈 당하기 직전의 어느 부인을 구해 준 일로 하여 인근에 장사 백정으로 소문이 난다. 또한 양주팔(병해대사)은 죽산 칠장사에 들어가 생불로 추앙을 받으며 여생을 보낸다. 가장 천하게 태어났으나 가장 고귀하게 생을 마감한 인물이다.

양반편

「양반편」은 중종 말년에서 명종 조에 이르는 기간을 배경으로 하고 있다. 이때는 거듭되는 정쟁으로 말미암아 정국이 극도의 혼미를 보이던 시기였다. 이 시기에 을사사화가 일어났다. 그리고 뒤이어 을묘왜란도 발발했다.

중종 승하 후 즉위한 인종은 채 일 년이 못 되어 의문의 죽음을 당한다. 이에 이복동생인 어린 명종이 즉위하자 대비인 문정왕후가 수렴청정을 하게 되는데, 이를 기화로 문정왕후의 동생인 윤원형이 실권을 장악한다. 윤원형은 소윤의 우두머리였다. 실권을 장악하자마자 윤원형은 그 반대파인 윤임 일파를 치기 시작한다. 윤임은 대윤의 우두머리였다. 원래 장경왕후(중종의 계비)의 오라버니인 윤임과 문정왕후(명종의 계비)의 동생 윤원형은 모두 파평 윤씨였다. 그리고 똑같이 왕실의 외척이었다. 한 명은 인종의 외숙이고 한 명은 명종의 외숙이었다. 그러나 같은 문중임에도 불구하고 이들은 서로의 세력을 넓히기 위해 온갖 모략과 암투를 멈추지 않았다. 세간에서는 그들을 대윤(윤임 일파)과 소윤(윤형원 일파)으로 불렀다.

실권을 장악한 소윤 윤형원 일파는 반대파인 대윤 윤임 일파를 제거하기 위해 모사를 꾸민다. 이것이 바로 바로 을사사화이다. 이로 인해 수없이 많은 무고한 사람이 형장의 이슬로 사라진다.

한편, 중 보우는 불교를 신봉하는 대왕대비의 신임을 빙자하여 궐내에 거처하면서 대규모의 불사를 일으킨다. 실록에도 이 부분은 자세히 기록되어 있다. “붉은 비단으로 깃발을 만들고 황금으로 수레를 꾸몄다”라고 명종실록은 전한다. 지금까지 보물로 전하는 불화 〈역사삼존도〉도 비단 위에 금을 이용해 그린 것이다. 이 불사에 들어간 돈은 모두 내수사(왕실의 재정 관리를 위해 설치된 관서)에서 부정한 방법으로 끌어 모은 백성들의 고혈이었다. 이에 병해대사(양주팔)는 불사를 행하는 양주 회암사로 찾아가 대중 앞에서 그를 꾸짖고 사라지기도 한다. 그렇다고 조정이 달라지는 것은 아무것도 없었다. 혼란만 더욱 가중될 뿐 백성들의 삶은 날로 피폐해져 갔다.

이런 정국의 혼란을 틈타 1555년(명종10) 왜인들이 전라도 남부 지역에 침입하여 살인과 약탈을 일삼았으니 이른바 을묘왜란이다. 조선 정부가 왜인들의 왕래와 상품 거래를 제한한 데 대한 불만으로 왜가 침략한 사건이다. 이 왜란은 이봉학과 배돌석을 소설의 전면에 등장시키는 역할을 한다. 둘은 종군 중에 만나 솜씨 겨룸을 하다가 친구가 되어 이후의 생사고락을 함께하는 사이가 된다.

왜란의 소식을 이봉학으로부터 들은 임꺽정은 이봉학과 함께 출전하고자 했으나 백정이라는 신분 때문에 군총에 뽑히질 못한다. 백정이란 신분은 정식으로 군에도 참여할 수 없는 천민이었던 것이다.

이 전쟁에서 이봉학은 뛰어난 활솜씨로 두각을 나타내지만 영암성 전투에서 접전 중 상관을 구하려다 오히려 위기에 빠지고 만다. 이때 거짓말처럼 임꺽정이 나타나 이들을 구해주고 사라진다. 군총의 일원으로 뽑히지 못한 임꺽정이 울분을 감춘 채 개인의 자격으로 전쟁에 참여하고 있었던 것이다.

의형제편

「의형제편」은 작가 홍명희의 진면목이 잘 드러난 부분이다. 소설다운 재미 또한 뛰어나다. 화적패에 가담하게 된 다양한 하층민들의 내력을 다루고 있는데, 단행본 3권에 해당할 정도의 방대한 분량이다.

「의형제편」에서는 행랑어멈의 유복자 박유복, 빈농 출신 머슴 곽오주, 임꺽정의 처남이자 백두산으로 도망친 관노비 자식 황천왕동, 역졸 출신 배돌석, 양반의 서자 이봉학, 가난한 소금장수 길막봉—이들의 파란만장한 인생이 펼쳐진다. 그리하여 독자들이 가장 흥미를 느끼는 부분이다.

그러나 단순히 흥미로만 읽어서는 안 되는 부분이기도 하다. 작가는 이들의 파란만장한 인생을 통해서 지배층의 부패와 가혹한 수탈이 얼마나 극심했는가를 보여줌과 동시에 순박하기만 했던 민중이 어떻게 도적이 되어 가는가를, 아니 도적이 될 수밖에 없었던가를 사실적으로 고발하고 있기 때문이다.

청석골로 모여 든 자들은 모두 사연이 있는 인물들이다. 그런데 그 사연이 대동소이하다. 그 바탕에 울분과 분노가 깔려 있다. 그리하여 쉽게 의기투합할 수 있었기 때문에 그들은 곧바로 의형제를 맺을 수 있었던 것이다. 여기에 아전 출신인 서림이 합류하면서 마침내 화적패는 완성된다.

「의형제편」은 '박유복이', '곽오주', '길막봉이', '황천왕둥이', '배돌석이', '이봉학이', '서림', '결의'—이렇게 전 8장으로 구성되어 있다. 임꺽정 휘하 여러 두령들의 내력과 화적패에 가담하게 된 경위를 삽화 형태로 나열한다. 각각 한 편의 단편소설이라고 해도 좋을 만큼 이야기의 완결성을 지니고 있다. 중국 소설 『수호지』에서 자칭 타칭 영웅을 자처하는 인물들이 나름의 피맺힌 사연을 안고 하나 둘 양산박으로 집결하는 과정과 아주 흡사하다.

의형제편 1권

박유복이

유복자로 태어나 행랑어멈이 된 편모 밑에서 자란다. 이름이 유복이가 된 것은 그가 유복자로 태어났기 때문이다.

그런데 그 사연이 기가 막히다. 기묘사화로 조광조가 사사되고 난 뒤 흉년이 계속되자 유복의 아버지는 이렇게 흉년이 계속되는 까닭은 나라에서 조광조 같은 훌륭한 인재를 죽였기 때문이라는 위험천만의 말을 한다. 그런데 이를 엿들은 머슴이 서울로 가서 관에 밀고를 해 버리는 바람에 유복의 아버지는 서울로 압송된다. 거기서 그는 모진 매를 맞다가 아내의 뱃속에 유복자를 남겨놓은 채 유명을 달리하고 만다. 갖바치가 이를 장사 지내주고 유복이라는 이름을 준다.

박유복은 자라면서 임꺽정, 이봉학과 의형제를 맺고 대나무를 깎아 만든 뼘창 기술을 익힌다. 그리하여 뼘창에 관한 한 당대 최고를 자부하는 고수가 된다. 그러던 중 배천에 사는 이모부가 같이 살자 하여 배천으로 이사를 한다.

이사 후 얼마 지나지 않아 어머니를 잃고, 엎친 데 덮친 격으로 병을 얻어 10년간이나 앉은뱅이로 지내게 된다. 다행히도 어느 도인을 만나 병을 고치고 대나무가 아닌 쇠로 만든 뼘창을 선물로 받는다. 이를 너무 소중히 여겨 잘 보관해 두고 평상시에는 주로 대나무를 깎아 만든 뼘창, 그러니까 대꼬챙이를 사용하였다.

병을 고치고 뼘창의 일인자가 된 그는 마침내 부친을 무고하여 죽게 한, 그리하여 자신을 유복자로 만든 원수 노 첨지를 찾아 그의 목을 베어 부모의 산소에 바친다. 그러나 이로 인해 쫓기는 신세가 된다. 덕적산에 이르러 최영 장군의 사당에서 장군 마누라의 제물로 뽑힌 최씨 처녀를 만나 인연을 맺는다. 함께 도주를 하다가 마침내 청석골에 이르게 되는데 여기서 도둑 오가를 만난다. 위기의 순간에 최씨 처녀가 오가의 수양딸이 되기로 하고 청석골의 일원이 된다. 그때 오가는 외동딸을 잃고 실의에 빠져 있었던 것이다.

이후 그는 탑고개에서 대꼬챙이 도적으로 악명을 떨치게 되지만 워낙 친화력이 좋아서 다른 두령들과 사이가 좋지 않은 서림과도 친하게 지낸다.

곽오주

어린 나이에 부모를 잃고 형제들에게마저 버림을 받는다. 그리하여 이리저리 떠돌다가 청석골 인근 마을의 정 첨지 집에서 머슴살이를 하게 된다. 이때 장꾼을 털던 오가를 때려눕힌 뒤 보복하려 나온 박유복과 힘자랑을 하다가 화해하고 의형제를 맺어 청석골의 일원이 된다.

한편 주인 정 첨지의 아들은 여자를 너무 밝혀 아름답기로 소문난 산뱃골 젊은 과부를 보쌈하기로 하는데 여기에 곽오주도 동참한다. 뒤늦게 이를 알아챈 정 첨지가 홧김에 그 젊은 과부를 곽오주에게 주어 버린다.

졸지에 아내를 얻게 된 곽오주, 그러나 그의 아내는 몸이 너무 허약했다. 그래서 아들을 낳다가 산후열로 죽게 되자 곽오주는 동냥젖으로 아이를 키운다. 동냥젖이 오죽하랴. 늘 배고플 수밖에 없었다. 그날은 배고픔이 더 심했던 모양이다. 울음소리가 너무 컸다. 견디지 못한 그는 아기를 그만 패대기치는데 그 바람에 결국 아이가 죽고 만다. 이후로 그는 아이 울음소리만 들으면 무조건 쇠도리깨를 휘두르는 광증의 화적패가 된다.

일곱 두령 중 가장 악명이 높다. 남녀노소를 가리지 않고 살인을 한다. 무기는 쇠도리깨. 재물만 빼앗는 것이 아니다. 사람의 목숨도 그저 심심풀이하듯 빼앗는다. 그렇다고 죄의식이 있는 것도 아니다. 빈농의 자식으로 태어나 비참한 일을 겪으면서 생긴 일종의 심리적 외상(트라우마)으로 보인다.

의형제편 2권

길막봉이

소금장수 길박봉이는 힘이 장사로 곽오주한테 맞아서 반쯤 병신이 된 매형의 원한을 갚기 위해 청석골을 덮치고 곽오주와의 힘 대결에서 승리했으며, 곽오주를 끌고 관가에 넘기려다가 평소 안면이 있던 임꺽정과 다시 만나게 된다. 임꺽정이 청석골로 들어와 이들을 화해시킨다. 힘이 장사였던 길막봉은 또한 힘이 장사로 소문난 임꺽정을 찾아가 힘겨루기를 하다가 천하장사 임꺽정에게 무릎을 꿇고 마는데, 이를 계기로 둘은 이미 지기(知己)가 되어 있었던 것이다. 어쨌든 임꺽정의 중재로 길막봉이과 곽오주도 호형호제하는 사이가 된다.

다시 소금장수의 길을 나선 길막봉은 안성 처녀 귀련과 정을 통하고 그 집안의 데릴사위 노릇을 하게 되었으나 신분 탓에 멸시하는 처백부 박선달을 혼내준다. 그러나 장모의 구박만은 견디지 못해 데릴사위 노릇을 그만두고 청석골로 들어간다. 안성으로 아내를 데리러 갔다 박선달의 고발로 안성에서 잡혔는데 임꺽정 패가 쳐들어와서 구출한다.

황천왕동이

갑산 관비와 관노가 눈이 맞아 탈출해 숨어든 곳이 백두산이다. 황천왕동이는 바로 그들의 자식이이다. 어렸을 때부터 백두산 원시림을 돌아다내며 사냥을 했던 탓에 걸음 빠르기가 타의 추종을 불허한다. 어찌나 빨랐던지 세간에는 축지법을 쓴다는 소문까지 나돌 정도였다. 그리고 산속에서만 살아 세상 물정을 모르고 상당히 순진한 편이다. 그만큼 호인이기도 하다.

황운총은 황천왕동이의 누나이다. 마침 천하를 유람하다 백두산을 찾은 임꺽정과 누나 운총의 혼인으로 뜻밖에 임꺽정을 매부로 둔다. 누나와 조카와 함께 양주 임꺽정을 찾아가 그 곳에서 산다.

그는 걸음만 빠른 게 아니라 장기 또한 고수였다. 그래서 장기를 두며 하루하루를 소일하던 중 봉산 땅에 장기를 잘 두는 백씨 성을 가진 이방이 있다는 소문을 듣는다. 그래서 한판 두려고 백 이방을 찾아가는데 때마침 그 백 이방이 딸의 혼처를 구하고 있음을 안다. 그의 딸은 아름답기로 소문이 나 있었다. 그런데 백 이방의 사위가 되기 위해서는 그가 제시하는 취재를 통과해야만 했다.

황천왕동이는 이 취재에 응한다. 그리고 백 이방의 까다로운 취재를 통과하여 마침내 장가를 드는 데 성공을 한다. 여기에는 운도 있었지만, 딸의 혼기를 놓칠까봐 조바심을 내는 백 이방 부부의 도움도 있었다. 황천왕동이의 첫인상을 본 그들 부부는 이미 황천왕동이를 사윗감으로 찍어 놓고는 장기를 일부로 져 주거나 정답을 은밀히 귀띔해 주었던 것이다.

그런 과정을 거쳐 천하일색과 혼인을 한 황천왕동이는 이 인연으로 봉산에서 장교가 되는 행운까지 누린다.

배돌석이와 친하게 지냈으며 살인죄로 사형장으로 끌려가는 배돌석을 구출하는 과정에서 청석골 패인 박유복을 도와주었다는 이유로 제주로 귀양을 간다. 이봉학의 도움으로 귀양에선 풀렸으나 매부인 임꺽정이 이웃의 밀고로 입산하게 되면서 그를 따라 청석골 패에 합류한다.

배돌석이

김해 역졸의 아들로 태어나 빈궁한 생활에서 벗어나지 못했다. 그러나 돌팔매질만은 아주 뛰어났다. 을묘왜란 때 이봉학과 솜씨를 겨루기도 했다.

왜란 후 고향에 돌아와서 비부살이를 했다. 그런데 아내가 문제였다. 주인집 양반과 사통을 한 것이다. 이에 분개한 배돌석이는 그들에게 망신을 주고 보복으로 그 주인집 마님에게 강제로 입을 맞춘 후 도망쳐 나와 정처 없이 떠돈다.

그러다가 호랑이에게 사람이 잡아먹히는 사건이 벌어지자 호랑이 사냥에 참가한다. 여기서 황천왕동이를 만나 친해진다. 그리고 신기에 가까운 돌팔매질로 호랑이를 때려잡아 그 공로로 경천역 역졸이 된다. 또한 호랑이에게 아들을 잃은 노파의 대접을 받으며 과부가 된 그 집 며느리를 재취로 맞는다. 그러나 행복도 잠시, 노파를 양어머니로 모시고 잘 살아보려고 했지만 아내의 행실이 좋지 못했다. 남자관계가 문란했다. 이에 두 연놈을 죽이고 도망자 신세가 된다. 곧바로 체포되었으나 때마침 황천왕동이에게 와 있던 박유복의 도움으로 청석골로 도피한다.

이로 인해 황천왕동이는 제주도로 귀양을 간다.

의형제편 3권

이봉학이

일곱 두령 중 유일하게 양반 출신이나 서자라는 이유로 반쪽 양반 취급을 받는다. 왜변 때 뛰어난 활 재주로 공로를 세운 이봉학은 전라감사 이윤경의 휘하에서 비장이 되었다가 곧바로 제주도의 정의 현감으로 승진한다. 그리고 전주에서 사랑을 맺은 기생 계향을 부실로 맞아 행복한 나날을 보낸다. 그러면서 제주도에 귀양 온 황천왕동이를 돕고 임꺽정과도 상면한다.

이후 한성 우윤이 된 이윤경의 주선으로 상경하여 오위부장이 된다. 이를 계기로 황천왕동이의 귀양을 푸는 데 일조를 하였으나 권문세가의 위력으로 임진별장으로 좌천된다. 여기서도 그는 임꺽정 일행이 임진강 건너는 것을 도와주는 바람에, 평소 그의 강직한 성품에 불만을 품고 있던 한 포졸이 이를 밀고하여 파직되고 만다. 서울로 압송되던 도중 혜음령에서 청석골 패에 구출되어 청석골로 들어간다.

양반 출신이어서인지 그는 도적질이나 관가를 습격하는 것을 그리 달가워하지 않는다. 그래서 청석골 패와 종종 갈등을 겪기도 한다.

서림

아전 출신인 서림은 평양 감영 수지국 장사(지방의 행정 업무를 하는 사무직)로서 진상품을 관장하였다. 그러나 성품이 본래 교활하여 자주 진상품을 빼돌리다가 들키자 도주하던 중에 청석골 화적패를 만난다. 그런데 이 와중에도 그는 잔머리를 굴리고 허세를 부린다. 임꺽정은 장인 행세를 한 것이다. 이로 인하여 곽오주는 특히 서림을 싫어한다.

화적패에 가담한 그는 타고난 기질을 발휘하여 평양 진상 봉물의 내막을 알리고 계책을 내어 이를 탈취하는 등 청석골 최고의 모사꾼으로 자리잡는다. 청석골 패가 조선 최고의 도적패가 된 것은 사실 그의 도움이 컸다.

그렇게 어느 정도 자신의 기반이 안정되자 그는 '엄가이'라는 가명으로 암행어사 행사를 하며 주색잡기로 소일을 한다. 그러나 이를 수상히 여긴 관군의 밀정에게 체포되어 마침내 배신의 길로 들어서게 된다. 결국 그는 남치근을 대장으로 하는 토벌대의 앞잡이가 되어 구월산으로 향한다.

결의

양주 임꺽정의 집에 평양 진상 봉물이 있다는 것이 탄로나 가족들이 투옥되자 임꺽정은 청석골 화적패와 더불어 가족을 구해내는 데 성공한다. 그리고 자신을 고발한 이웃에게 복수를 하고 마침내 화적패에 입당하게 된다. 뒤이어 사건에 연루된 임진별장 이봉학과 귀양에서 풀려난 황천왕동이도 이에 가담한다. 청석골에 모인 일당은 아내를 데리러 갔다 투옥된 길막봉이를 구해낸 뒤 칠장사에 들러 이미 세상을 떠난 병해대사의 불상 앞에서 의형제를 맺는다.

화적편

「화적편」은 4권 분량으로 간행될 예정이었으나 3권까지만 출간되었다. 마지막 권은 끝내 완결되지 못했다. 이를 당시의 역사적 혼란으로 보는 견해도 있지만 꼭 그렇지만은 않은 것 같다. 그 이후에도 얼마든지 완결할 수 있는 시간이 많았기 때문이다. 그럼에도 불구하고 왜 홍명희는 이를 완결하지 않은 것일까? 여기에 대해서는 여러 가지 설이 난무하지만 그냥 독자들의 상상력에 맡겨 놓는 것이 좋을 듯하다.

그러나 한 가지 사실만은 분명하다. 결코 행복한 결말은 아니라는 것이다. 역사적 사실도 그렇고, 작가가 깔아놓은 복선도 그걸 충분히 암시하고 있기 때문이다.

「화적편」은 '청석골', '송악산', '소굴', '피리', '평산쌈', '구월산성'의 6장으로 구성되어 있다. 이 부분은 임꺽정을 중심으로 한 화적패가 결성된 이후의 본격적인 활동상을 그린다.

청석골 화적패들은 지방 수령들이 서울로 보내는 봉물을 중간에서 강탈하거나 마패를 위조하기도 하고, 더 나아가 금부도사로 위장하여 군수들로부터 융숭한 대접을 받기도 한다. 그뿐만이 아니라 동료를 구출하기 위해 관청의 옥을 부수기도 한다. 그들은 인정도 없고 사정도 없다. 무자비하고 잔인했다. 그렇다고 양심의 가책이나 죄의식 따위도 느끼지 않는다. 결코 억압과 약탈로 인한 민중의 불만 표출이라고는 보기 어려운 장면들이다.

도적질을 할 거면 힘없는 백성들 것은 빼앗지 말고 재물은 빼앗더라도 목숨은 빼앗지 말라고 스승 양주팔은 당부했건만 잘 지키지 않는다. 탑고개 통행세 명목으로 양민들의 재산을 갈취하고 곽오주를 필두로 아이와 아녀자들까지 아무렇지도 않게 죽이는 묘사도 심심찮게 나온다.

그러니 조정과 지방 수령들이 어찌 떨지 않을 수 있겠는가.

화적편 1권

청석골

임꺽정이 청석골 화적패의 대장으로 추대된다. 토벌에 대비하여 산채를 광복산으로 옮긴 후 상경하여 한온의 집에 머문다. 여기서 기생 소홍과 정을 맺고 빚에 몰린 양반의 딸 박씨를 구해내어 첩으로 삼는다. 게다가 까막과부 팔자 때움으로 보쌈을 했던 원 판서의 딸을 훔쳐내어 둘째 첩으로 삼고, 이웃의 사나운 과부 김씨도 한바탕 싸운 끝에 역시 첩으로 삼는다.

이런 방탕한 생활을 하던 임꺽정은 결국 처자와 다른 두령들의 성화에 못 이겨 귀가하게 된다.

화적편 2권

송악산

송도 송악산에 단오굿 구경을 간 청석골 두령들은 그곳에서 납치당한 황천왕동이의 아내를 구해내는 데 성공을 하지만 이 와중에 살인을 저질러 관군의 쫓김을 받는 신세가 되고 만다. 여기서 계책을 내는 사람이 바로 서림이다. 치성을 드리러 산중에 든 상궁을 인질로 잡아 임꺽정이 올 때까지 일단은 시간을 끌어 보자는 것이었다. 이 계책은 정확하게 맞아떨어져 때마침 부하들을 이끌고 도착한 임꺽정의 도움으로 가까스로 위기를 모면한다.

소굴

청석골 화적패는 가짜 금부도사 행세를 하며 봉산군수를 체포하려 한다. 신임군수의 도임 행차를 습격하고, 황해감사의 사촌을 자처하면서 각 읍을 돌며 사기 행각을 벌이는 등 지방 관원들을 괴롭힌다.

다시 서울로 올라간 임꺽정은 기생 소흥의 집에 있다가 포교들의 습격을 받는다. 임꺽정은 그들을 물리치고 간신히 서울을 탈출하지만 그의 첩들은 붙잡히고 만다. 이에 원씨는 자진하고, 박씨와 김씨는 관비로 박힌다. 그러나 소흥은 그의 첩이 되어 청석골에서 지내게 된다.

임꺽정은 포청에 체포된 첩들을 구하기 위하여 두령들과 장수원에 모여 모의를 하는 도중 황천왕동이가 백손이가 이천읍내에 체포되었다고 하여 모두 이천으로 돌아가고 전옥을 파옥하지 못하였다.

화적편 3권

피리

피리를 잘 부는 종실 단천령이 가야금 잘 타는 기생 초향이와 묘향산 유람을 떠난다. 그러나 유람을 마치고 서울로 돌아오는 도중 청석골을 지나다가 화적패에게 붙들린다. 한온이가 단천령을 알아보고 임꺽정에게 추천하는데, 임꺽정은 그의 신기에 가까운 피리 소리를 듣고는 이에 감동하여 그에 대한 보답으로 자신의 신표를 주어 다른 화적패의 습격을 받지 않도록 보호해 준다.

그러나 단천령은 이봉학 정도만 양반답게 볼 뿐 나머지는 모두 부정적으로 본다. 우선 꺽정이부터 사내답게는 생겼으나 천생 도둑놈 상판으로 보았고, 그 외에도 모두 숨길 수 없는 도둑놈으로 여겨 내심 업신여긴다. 그러나 대놓고 말할 수는 없는 처지여서 겉으로는 살생을 함부로 하지 말라는 당부만 한다.

평산쌈

청석골 두령들은 신임 봉산군수를 살해하고자 평산 이춘동의 집에 머물면서 기회를 엿보던 중 처남의 처벌을 무마시키려고 서울에 온 서림이 최서방의 고발로 포청에 체포된다. 체포된 서림이 목숨을 보전하고자 그 계획을 자백하는 바람에 군읍 군사 오백여 명의 습격을 받게 되나 접전 끝에 이를 물리치고 무사히 청석골로 돌아오게 된다.

※영인본에 나오는 것은 여기까지이다. 화적편 4권에 나오는 「구월산성」은 나오지 않는다. 그러나 화적편 4권이 아주 쓰이지 않은 것은 아니다. 화적편 4권의 처음 부분은 일부나마 《조선일보》와 〈조광(朝光)〉지에 발표되었다. 참고로 그 부분을 소개한다.

화적편 4권

구월산성

관군을 물리치고 다시 청석골로 돌아온 화적패들은 불안과 두려움에 사로잡힌다. 화적패를 소탕하기 위한 조정의 토벌대가 대규모로 조직되었다는 소문과 이미 체포되어 토설을 하기 시작한 서림이 자신들의 행로와 계획을 다 알고 있다는 것 때문이었다. 이에 청석골 패는 오가와 일부의 졸개들만 남겨둔 채 자모산성으로 근거지를 옮긴다.

그러나 오가는 끝까지 청석골을 떠나지 않는다. 모든 두령들이 떠난 청석골에 남아 쓸쓸히 아내의 무덤을 지킨다. 그러나 졸지에 대장으로부터 고립된 졸개들은 관군의 습격 소식을 접하자 하나 둘 겁을 먹고 청석골을 떠나기 시작한다.

그리고 마침내 남치근을 대장으로 한 관군 토벌대가 서림을 앞세워 출동을 한다.

◆

그리고 끝이다.

이후는 쓰이지 않았다.

아니, 안 썼다.

그러므로 당신의 상상력이 필요한 부분이다.

결론은 이미 정해져 있다.

그러나 거기에 이르는 과정은 사람마다 조금씩 다를 수 있다.

이제 어찌할 것인가?

당신은 지금 자모산성에 있다.

민족문학의 정수(精髓) 우리말의 보고(寶庫) 벽초 홍명희의『임꺽정』

『임꺽정』은 벽초 홍명희(碧初 洪命憙)의 장편소설로 민족문학을 대표하는 역사소설이다. 왕후장상(王侯將相)이 아닌 하층민인 백정을 주인공으로 내세웠다는 점과 이를 통하여 봉건적 질곡에서 벗어나려는 민중들의 역동적인 모습을 사실적으로 그려냈다는 점에서 민족문학의 백미로 꼽힌다. 또한 소설의 전편에서 발견되는 토속적 고유어는 가히 우리말의 보고(寶庫)라 할 만큼 풍부하다.

소설 속 주인공 임꺽정은 역사 속의 실존 인물이다. 임꺽정은 1559년(명종14)에 등장, 조정과 토호 세력에 대항하여 산적 활동을 하다가 토벌대에 의해 포살된 인물로『명종실록』과『기재잡기』등에 기록되어 전한다.

홍명희는 이 사료들을 바탕으로 소설의 기본 얼개를 짠 다음 여기에 야담과 야사를 가미하여 소설적 재미를 더했다. 작가 홍명희와 실존 인물 임꺽정이 살았던 시대는 무려 400년에 가까운 시차가 있다. 그러나 지배계급과 피지배계급 사이에 존재했던 불평등과 모순의 관계는 여전히 개선되지 않은 상태로 진행형이었다. 홍명희는 바로 이 점에 주목했다. 아마도 이것이 그로 하여금 붓을 잡게 만든 가장 큰 요인이 되었을 것이다.

그런 면에서 『임꺽정』은 광해군 때 허균이 지은 『홍길동전』과도 맥이 닿아 있다. 그러나 둘은 다르다. 『홍길동전』은 적서차별과 부패관리 척결이라는 매우 현실적 주제를 담고 있음에도 불구하고 전개에 수많은 전기적 요소(傳奇的 要素)를 개입시킴으로써 인과적 객관성을 떨어뜨리고 있다. 이에 반하여 『임꺽정』은 『홍길동전』과 비슷한 주제를 다루고 있으면서도 그 기본 얼개를 16세기 중반 전후의 실록에서 가져와 그것을 인과적 질서에 따라 재창조함으로써 독자들에게 사실적 공감을 주고 있다. 그러니까 과거를 통하여 현재의 문제점을 고발하고 이를 토대로 미래에 대한 전망을 제시하는 일종의 알레고리 형식을 취했던 것이다.

문학은 인간의 정서와 사상을 언어로 형상화하는 예술이다. 여기서 인간의 정서와 사상이라 함은 작가가 자신이 처해 있는 현실을 어떠한 감정을 가지고, 어떠한 가치관으로 바라보느냐

하는 안목을 말한다. 그 안목은 곧 작가의 인생관이며 세계관이다. 작가는 자신만의 안목으로 자신이 처한 현실을 재단하고 응전한다.

그런 점에서 문학은 역사와 현실에 대한 도전과 응전의 기록이다. 그러나 그 양상은 작가마다 다르다. 경우에 따라서는 정반대의 양상을 띠기도 한다. 역사와 현실을 바라보는 안목이 작가마다 동일하지 않기 때문이다.

홍명희는 식민의 시대를 온몸으로 통과한 사람이다. 식민의 시대를 통과한다는 것은 누구에게나 다 힘 드는 일이다. 그것은 생존이었다. 생존을 위하여 순응하거나 변절을 한 사람도 있고, 끝까지 저항하거나 목숨마저 내놓은 사람도 있다. 목숨을 내놓는다는 것, 그것도 사실은 생존을 위한 것이다. 자신의 목숨과 국가의 생존을 맞바꾸는 것이기 때문이다.

식민의 시대. 친일(親日)을 할 것인가, 반일(反日)을 할 것인가, 아니면 아예 현실을 외면하고 말 것인가? 세 갈래의 길이 작가 앞에 놓여 있었다.

여기서 우리가 주목하는 것은 바로 반일의 전선에 선 작가들이다. 그들에게 일제의 검열과 협박은 일종의 족쇄였다. 그렇다고 저항의 의지를 버릴 수도 없었다. 그래서 그들은 은유와 상징, 해학과 풍자라는 가면으로 변장을 했던 것이다. 그 변장 중의 하나가 과거의 역사와 인물을 현실의 세계로 끌고 들어와

접목시키는 역사소설이라는 장르였다. 이는 꽤나 효율적인 방법 중의 하나였다. 일제의 엄혹한 검열을 쉽게 피할 수 있었을 뿐만 아니라 이를 통하여 민족의식을 고양하고 미래에 대한 전망을 제시할 수도 있었으니 작가의 입장에서 보면 일석이조였던 셈이다. 이러한 역사적 현실을 배경으로 탄생한 것이 바로 홍명희의 『임꺽정』이라고 볼 수 있다.

『임꺽정』은 1928년 11월부터 《조선일보》에 연재되기 시작하였다. 이로부터 일제에 의해 《조선일보》가 폐간되는 1939년까지 무려 10여 년간(중간에 간헐적 중단은 있었음)에 걸쳐 『임꺽정』은 장안 최고의 화제였다. 이런 인기에 힙 입어 《조선일보》가 폐간된 후에도 지면을 〈조광(朝光)〉으로 옮겨 연재를 지속하려 했으나 이마저도 당시의 시대적 상황은 허락하지 않았다. 그리하여 『임꺽정』은 오늘날까지 미완인 상태로 우리 앞에 놓이게 된 것이다.

모두 합하여 13년에 걸친 연재였다. 13년은 결코 짧지 않은 세월이었다. 그렇다면 그 긴 세월 동안 연재를 계속할 수 있었던 이유는 어디에 있었던 것일까? 이 의문에 대한 해답은 사실 간단하다. 소설 속 주인공이 왕후장상이 아닌 백정 출신 하층민이었다는 점이다. 이전의 역사소설에서는 이처럼 비천한 백정이 주인공으로 등장한 예가 없었다. 그런데 벽초는 과감히 천민을 주인공으로 내세웠던 것이다. 민중들은 소설 속에 등장하는 인물들에게 자신을 투사하면서 더불어 웃고 울면서 희로애

락을 함께했다. 일종의 동병상련(同病相憐)이었다.

우리는 이러한 사실을 다음과 같은 대화에서 엿볼 수 있다.

"근본 가지구는 사람을 말하지 못하네. 내가 사람을 많이 보진 못했지만 당대에 영웅 호걸이라구 할 만한 인물은 거지반 다 근본이 하이찮은 모양이데. 다른 사람은 고만 두구 우선 보게. 우리 매부만 한 인물이 지금 양반에 있을 듯한가. 지금 양반은커녕 그 전 양반에두 없을 것일세. 전에 조 재상이란 양반이 잘났었다지만 그 양반두 우리 매부의 선생님께 배웠다네. 우리 매부의 선생님두 근본으로 말하면 고리백정이구 갖바치야. 갖바치에서 생불이 나구 쇠백정에서 영웅이 나는 걸 보게. 근본을 가지구 사람을 말할 건가. 아무리 소견 없는 여편네라구 하드래두 황천왕동이의 아내 노릇을 하려면 이만 일은 짐작해야 하네."

"내가 다른 건 잘 모르네만 이 세상이 망한 세상인 것은 남버덤 잘 아네. 여보게. 내 말 듣게. 임금이 영의정감으루까지 치던 우리 선생님이 중놈 노릇을 하구, 진실하기 짝이 없는 우리 유복이가 도둑놈 노릇을 하는 것이 모두 다 세상을 못 만난 탓이지 무엇인가. 자네는 그렇게 생각 않나? 〈중략〉 자네는 나더러 유복이를 도둑놈 노릇하게 내버려두었다구 책망하지만 양반의 세상에서 성명 없는 상놈들이 기 좀 펴구 살아 보려면 도둑놈 노릇밖에 할 게 무엇 있나. 그 전에 심 좌랑이 우리 보구 반석평이란 사람의 이야기를 많이 했었지. 남의 집 종의 자식으루 재상까지 되었을 젠 여간 좋은 성수 타고난 사람이 아닐 갤세. 예전부터 오늘날까지 수없는 종의 자식에 잘난 사람이야 반석평이 하나뿐이겠나. 우선 우리 알기에두 홍주 서기 같은 사람은 효행 있구 행검 있구 글두 잘 한다네. 그 사람이 나이 우리버덤 두어 살 아래니까 앞으루 어떻게 될는지 모르지만, 제나 내나 그대루 썩었지 별조 있겠나. 그 사람이 양반집 종의 자식이 아니구 양반의 자식이었으면 벌써 대사성이니 부제학이니 들날렸을 것일세. 내 생각을 똑바루 말하면 유복이 같은 도둑놈은 도둑놈이 아니구 양반들이 정작 도둑놈인줄 아네. 나라의 벼슬두 도둑질하구 백성의 재물두 도둑질하구, 그것이 정작 도둑놈이지 무엇인가."

『임꺽정』을 당시 신문 연재 순서대로 배열하면 봉단편, 피장편, 양반편, 의형제편, 화적편으로 총 다섯 편이다. 전반부인 봉단편, 피장편, 양반편은 화적패가 결성되기 이전, 그러니까 연산조의 갑자사화에서 명종 조의 을미왜변에 이르기까지의 약 50여 년에 걸친 시기를 다루고 있다. 후반부인 의형제편, 화적편은 화적패가 된 일곱 두령의 내력과 화적패에 가담하게 된 경위, 그리고 이들이 조정과 양반 무리를 상대로 펼치는 활약상이 주를 이룬다.

이를 도표로 나타내면 다음과 같다.

<table>
<tr><td rowspan="3">전반부</td><td>봉단편</td><td>연산군 때 유배지에서 달아나 고리백정의 사위가 된 홍문관 교리 이장곤과 그의 처 봉단이의 이야기가 주를 이룬다.</td></tr>
<tr><td>피장편</td><td rowspan="2">갖바치 양주팔을 중심으로 그의 제자가 된 임꺽정의 성장 과정, 그리고 도처에서 화적패가 출몰할 수밖에 없었던 당시 지배층의 부패와 정치적 혼란상을 그리고 있다.
갖바치 양주팔을 중심으로 그의 제자가 된 임꺽정의 성장 과정, 그리고 도처에서 화적패가 출몰할 수밖에 없었던 당시 지배층의 부패와 정치적 혼란상을 그리고 있다.</td></tr>
<tr><td>양반편</td></tr>
<tr><td rowspan="2">후반부</td><td>의형제편</td><td>후일 화적패의 두령이 되는 주요 인물들의 내력과 그들이 청석골 화적패에 가담하는 과정을 흥미 있게 펼치고 있다.</td></tr>
<tr><td>화적편</td><td>청석골 화적패가 결성된 이후의 본격적인 활동을 그린 부분으로 작품 내에서 가장 핵심적인 위치를 차지한다. 미완으로 남아 있다.</td></tr>
</table>

벽초 홍명희의 『임꺽정』에 대한 평가

벽초 홍명희의 『임꺽정』은 실록을 바탕으로 야담과 야사를 가미한 역사소설이다. 또한 조선 사회의 풍속, 종교, 문화, 세태에 이르는 충실한 묘사는 지금도 그 가치를 인정받는 민속학적 자료이기도 하다. 그런 점에서 벽초 홍명희의 『임꺽정』은 민족문학의 기념비적인 작품이라고 할 수 있다.

그렇다고 긍정적인 평가만 있는 것은 아니다. 부정적 평가도 상당수 있다. 맨 먼저 지적되는 것이 바로 사료에 대한 지나친 의존과 소재에 대한 욕심으로 여러 일화를 중첩적으로 열거하는 세태소설의 경향을 지니고 있다는 점이다. 그러다 보니 전체를 꿰뚫어 보는 총체적 시각이 약화되어 소설의 전개가 통속적 삽화의 나열에 불과하다는 비판을 받는다. 그리고 등장 인물들 간의 유기적 관련성이 부족하고 구성이 산만할 뿐만 아니라 불연속성과 단절이 비일비재하다는 점도 비판을 받는 요소이다. 또한 작품의 전반부와 후반부의 기조가 균형을 이루지 못하고 있음도 문제점으로 제기된다. 이에 대해선 집필 기간 동안 투옥이 되는 등 작가의 개인적 처지와 당시 정세의 변화가 자연스럽게 소설에 반영되었기 때문이라는 해석이 지배적이다.

결과적으로 홍명희의 『임꺽정』에 대한 평가는 긍정과 부정으로 나누어진다. 어차피 독서는 비판적 읽기 행위이다. 그러므로 이 또한 독자들의 안목에 맡기는 수밖에 없다.

이를 간단히 정래해 본다.

긍정적 평가

1. 역사소설을 왕조사가 아닌 민중사 중심의 관점에서 바라보며 역사를 재해석하는 탁월한 식견을 보여주었다. 왕후장상뿐만 아니라 비천한 민중도 얼마든지 주인공이 될 수 있다는 새로운 인식의 분기점을 마련하였다.
2. 당시의 상하층에 두루 걸친 생활상과 지배계급의 관습을 충실히 재현해 내고 있다. 이는 그가 어려서부터 배운 한학과 신학문을 바탕으로 조선의 역사와 풍속을 깊이 이해하고 사랑했기 때문에 가능한 것이었다.
3. 소설 속에 사용된 수많은 낱말과 그것이 운용되면서 뿜어

내는 정서는 오로지 우리의 우리만의 것이다. 거기에는 풍부한 우리의 고유어가 있고, 살아 숨 쉬는 우리의 풍속이 있다.

4. 봉건적 요소에 저항하는 반봉건적 생명력을 살려냄으로써 건강하고 낙천적인 민중정서를 형상화하였다.

부정적 평가

1. 『임꺽정』은 "작품을 관류하는 정열" 없이 "그 시대의 인물들과 생활상의 만화경과 같은 전개"를 보인 세태소설에 불과하다. — 임화
2. 애초 임꺽정을 주인공으로 내세운 작가의 의도가 굴절되었거나 훼손되었다.
   -하층 계급의 핵심인 농민의 삶과 생활을 소홀히 다루었다는 점
   -부하들은 산채에 남겨둔 채 임꺽정 혼자 서울의 기생집이나 드나들며 첩을 셋씩이나 두고 향락에 빠졌다는 점
   -무고한 평민에게까지 뚜렷한 동기 없이 약탈과 방화, 살인을 자행하여 의적과는 너무 동떨어진 행적을 보였다는 점
3. 백정을 주인공으로 내세웠지만 계급적 한계를 극복하지는 못했다.
   -화적패 내부에도 또 하나의 지배와 피지배 계층을 형성하

여 현실 세계의 강자와 약자의 모순 관계가 재생산되고 있다는 점

-임꺽정과 일곱 두령을 제외한 나머지 졸개들의 삶과 활동은 거의 언급하지 않은 것으로 보아 그들의 울분이 사회적 모순을 인식한 데서 나온 것이 아니라 자신의 천한 신분과 그것에서 비롯된 개인적 분노와 복수심에 기인하고 있다는 점

종합적 평가

고대소설의 주제는 권선징악(勸善懲惡)이다. 선(善)과 악(惡)의 이분법적 구조로 모든 걸 재단하고 판단한다. 그러나 현대소설의 주제는 그렇지 않다. 인간이 지니고 있는 미묘하고도 다면적인 속성과 거기에서 파생되는 비극성을 함의(含意)하는 다층적 성격을 띤다.

그러므로 『임꺽정』의 등장하는 인물들에게 선악의 이분법적 잣대를 들이대서는 안 된다. 그들은 순박하면서도 투박하고 여리면서도 잔인하다. 그리고 무식하다. 그들은 의적(義賊)이면서 동시에 아주 불량한 도적들이다. 다면적이다.

우리가 문학 작품을 읽는 것은 그 속에 등장하는 인물의 살아 숨 쉬는 삶을 읽는 것이다. 그렇기 때문에 독서는 대상에 대한 투사 행위이기도 하다. 우리가 독서를 하면서 더불어 울고

웃는 이유가 거기에 있다. 독서는 결코 선악을 구별하는 행위가 아니다. 나를 발견하고 성찰하는 수양의 한 영역이 독서일 뿐이다.

그러므로 당신도 홍명희의 『임꺽정』 앞에 그런 자세로 서야 할 것이다.

주요 인물

임꺽정

일곱 두령 중 첫째로 소백정 임돌의 아들이다. 무량대각의 힘에다 검술과 병법을 더했다. 그러나 무식했다. 문자를 싫어했다. 그래서 양주팔에게 병술을 배울 때에도 문자가 아닌 이야기로 배웠다. 그렇지만 배우는 것을 좋아했고 재능 또한 뛰어났다. 게다가 양주팔이라고 하는 좋은 스승을 만났다. 양주팔과 함께한 주유천하는 그로 하여금 화적패의 우두머리가 되게 하는 밑거름이 되었다. 그러나 서울에서 기생방을 드나들며 첩을 셋씩이나 두고 방탕한 생활을 하는 등 의적(義賊)의 이미지와는 상반되는 양면성도 지니고 있다.

이봉학

일곱 두령 중 둘째로 종실의 서자 이학년의 아들이다. 임꺽정의 죽마고우로 활의 달인이다. 어린 시절 임꺽정, 박유복과 더불어 놀기만 좋아하는 것을 안타까이 여긴 외할머니가 이봉학을 데리고 시골로 내려갔다. 여기서 심심풀이로 싸리나무 활을 만들어 장난을 치기 시작한 것이 그를 활의 고수로 만들었다. 청석골 패 중 유일하게 벼슬이 있었다. 지금으로 말하면 정규직이다. 전라감사 이윤경의 비장이었다가 제주도의 정의 현감까지 지낸다. 그러나 권문세가의 위력으로 임진별장으로 좌천되었다가 임진강을 건너는 임꺽정을 도왔다는 이유로 궁지에 몰리자 청석골로 들어가 화적패가 된다.

박유복

일곱 두령 중 셋째로 임꺽정, 이봉학과 더불어 의형제의 원년 멤버다. 태어나기도 전에 아버지가 죽었으니 유복자다. 이름이 '유복'이 된 사연이다. 어린 시절 소일 삼아 던지던 뼘창의 기술을 연마하여 그 분야에 일인자가 된다. 행랑어멈으로 고생하던 어머니마저 죽고 엎친 데 덮친 격으로 병에 걸려 10년씩이나 앉은뱅이 생활을 한다. 그러나 훗날 도인을 만나 다행히도 완치가 되고, 대나무가 아닌 쇠로 만든 뼘창을 선물로 받는다. 몸이 완치된 그는 자신을 유복자로 만든 원수를 찾아가 그의 목을 베어 부모의 무덤에 바침으로써 마침내 원수를 갚는 데 성공을 한다. 당연히 그 길로 쫓기는 몸이 된다, 쫓기는 도중 덕적산 최영 장군 사당에서 장군의 마누라로 뽑힌 최씨 처녀와 인연을 맺고 청석골로 들어가 화적패가 된다.

배돌석

일곱 두령 중 넷째로 돌팔매의 달인이다. 첫 아내가 불륜을 저지르자 그 울분으로 고향을 떠난 그는 황주의 호랑이 사냥에 참가했다가 돌팔매질로 호랑이를 잡는다. 이때 둘도 없는 친구 황천왕동이를 만난다. 그리고 호환(虎患)으로 과부가 된 여자를 재취로 맞이하나 그녀 역시 부정한 짓을 하자 연놈을 죽이고 도망을 친다. 젊은 날의 그는 여복이 없다. 두 여자가 모두 화냥기가 있었다. 그로 이해 살인까지 저지른 그는 곧바로 체포되었으나 때마침 황천왕동이에게 와 있던 박유복의 도움으로 탈출하여 청석골로 들어가 화적패가 된다. 청석골에서 다시 재취를 하여 가정적 안정을 되찾고 파수를 담당했다.

황천왕동

일곱 두령 중 다섯째로 임꺽정의 처남이다. 즉 임꺽정의 아내 운총의 동생이다. 임꺽정만큼 무식하지만 걸음만은 타의 추종을 불허한다. 그것은 관노비였던 그의 부모가 서로 눈이 맞아 백두산으로 숨어든 데서 연유한다. 백두산에서 태어나고 자란 탓으로 세간에 축지법을 쓴다는 소문이 날 정도로 걸음이 빠르다. 또한 장기를 아주 잘 뒀다. 그래서 방방곡곡의 국수를 찾아 장기 겨루기를 즐겼는데 그 과정에서 나중에 장인이 되는 장기의 명수 백이방을 만난다. 일곱 두령 중에 가장 잘 생긴 남자로 묘사되어 있다. 성격 또한 호인다운 면모가 있다. 매부가 임꺽정이었기 때문에 자연스럽게 화적패가 된다. 청석골에서는 빠른 발을 이용한 외부와의 연락을 담당했다.

곽오주

일곱 두령 중 다섯째로 쇠도리깨를 잘 쓴다. 박유복과 힘겨루기를 하다가 청석골의 일원이 된다. 젊은 과부를 업어와 부부의 인연을 맺고 살았지만 불행히도 마누라가 해산 끝에 죽자 아이를 젖동냥으로 키운다. 그런데 하루는 이 아이가 너무 울었다. 그래서 홧김에 아이를 패대기쳤다. 이 바람에 그만 아이가 죽고 말았다. 이후로 아이 울음소리만 나면 발광을 하는 광증에 사로잡힌다. 아이 울음소리만 들으면 무조건 쇠도리깨를 휘두른다. 일종의 정신적 트라우마로 보인다.

길막봉

일곱 두령 중 일곱째, 그러니까 막내로 소금장수 출신이다.

이곳저곳을 떠돌며 술 마시는 게 주업이다. 그 유명한 쇠도리깨 도적 곽오주와 맞장을 떠서 그를 묵사발로 만들어 놓을 정도로 기운이 장사이기도 하다. 그러나 임꺽정에게만은 딸렸다. 소금 팔러 다니다 얼결에 귀련이란 이름의 처녀와 인연을 맺어 그 집안의 데릴사위가 되지만 장모의 구박이 심하여 더 이상 견디지 못하고 도망친다. 화적패가 된 사연이 특이하다. 장모의 구박이 그 이유이기 때문이다.

오가(오두령)

본명은 개도치. 청석골에 제일 먼저 터를 잡을 터줏대감이다. 일곱 두령에 속하지 않지만 나이와 언변으로 두령 대접을 받는다. 산채의 재물과 살림살이를 관장했다. 원래 강음 사람(서울서 잠시 노름을 하던 시절도 있었음)으로 부평 계양산 화적의 사위로 장물을 서울 장물아비 한첨지에게 팔고 하다가 계양산 화적이 토벌 될 때 그곳을 떠나와 농사짓고 평범히 살려고 하였으나 토호에게 모든 걸 빼앗기고 분김에 청석골로 들어와 터를 잡은 인물이다. 일찍이 딸이 하나 있었으나 잃고 나중에 배돌석의 아내를 수양딸로 삼아 그들 내외를 청석골에 주저앉히는 데 일조를 한다. 또한 아내에 대한 사랑이 지고지순하다. 관군의 공격으로 임꺽정의 패가 모두 떠난 후에도 끝까지 청석골에 남아 아내의 무덤을 지킨다. 청석골은 그에게 최초의 도피처이자 마지막 보루였다.

서림

청석골 제일의 모사꾼이다. 청석골의 다른 두령들이 몸을 쓸 때 서림은 머리와 입을 쓴다. 좋게 말하면 박학다식하고 나쁘게 말하면 잔머리의 대가다. 평양 감영 수지국 장사(지방의 행정 업무를 하는 사무직)로서 진상품을 관장하였으나 자주 진상품을 빼돌리다가 들키자 도주를 한다. 도주하다가 청석골 화적패를 만나 같은 일원이 되는 인물이다. 청석골의 조직적 수준을 한 단계 높이는 데 기여했으나, 포도청에 잡힌 후엔 임꺽정을 잡는 온갖 방법을 관군에 제공하는 배신의 아이콘이다.

양주팔

갖바치이다. 그러니까 백정이다. 일찍이 백정 학자로 이름을 날렸다. 임꺽정, 이봉학, 박유복의 어릴 적 스승이다. 묘향산에서 이천년(정희량)의 제자가 되어 사주명리학의 이치를 전수 받고 돌아와 갖바치 생활로 소일하기도 했다. 조광조, 심의 등과 교류하였다. 기묘사화를 예측하는 등 예지력이 뛰어났다. 조광조가 사사된 이후 머리를 깎고 불문에 귀의하여 병해대사가 된다. 임꺽정과 주유천하를 한 후 죽산 칠장사로 들어가 생불로 추앙을 받는다. 가장 천하게 태어났으나, 가장 고귀하게 생을 마감한 인물이다.

남치근

조정이 내려 보낸 토포사이다. 냉정하고 엄격한 무인으로 임꺽정을 체포하기 위해 골몰한다. 마침내 그는 서림을 앞세워 대규모의 토벌대를 출정시킨다.

벽초 홍명희 연보(1888 ~ 1968)

1888 · 7월 2일(음 5월 23일) 충북 괴산군 괴산면 인산리에서 아버지 홍범식과 은진 송 씨의 장남으로 태어남

· 본관은 풍산, 자는 순유(舜兪), 호는 가인(假人, 可人), 벽초(碧初)

1890 · 어머니 은진 송 씨 별세

· 증조부 이조판서 효문공 홍우길(洪祐吉) 별세

1891 · 계모 한양 조 씨가 들어옴

1892 · 『천자문』으로 한문 공부를 시작

1895 · 『소학』을 배우고 한시를 짓기 시작

1898 · 『삼국지』 등 중국소설을 읽기 시작

1900 · 여흥 민씨 참판 민영만의 딸 민순영과 결혼

1901 · 한양으로 상경

1902 · 서울 중교의숙(中橋義塾) 입학

1903 · 장남 홍기문 태어남

1905 · 중교의숙 졸업 귀향

· 춘추(春秋), 사전(四傳-시경, 서경, 논어, 맹자)을 공부함

· 고을에 와 있던 일본인 내외에게 일본어 공부를 하고 동경으로 유학, 여기서 문일평과 이광수 등을 만남

1906 · 동양상업학교 예과에 편입, 여기서 최남선을 만남

1907 · 동경 다이세이(大成)중학교 3년에 편입

1909 · 대한흥학보에 논설 「일괴열혈」(창간호, 3월호) 발표

1910 · 2월 졸업시험을 앞두고 학업을 포기한 채 귀국하였으나 평소 성적이 우수하였으므로 대성중학교에서 졸업장을 수여함

· 〈소년〉지 2월호에 크릴로프의 우화(寓話)를, 8월호에 안드레이 니에모예프스키 시 「사랑」을 번역하여 발표(8월호)

· 8월 29일 경술국치에 금산 군수였던 아버지 홍범식 순국

· 차남 기무(起武, 호적에 이름은 기은)태어남

1912 · 출국하여 만주 안동현(단동)에 체류

1913 · 상해에서 정인보를 위시한 박은식, 신규식, 신채호, 김규식, 문일평, 조소앙 등과 함께 독립운동 단체인 동제사(同濟社)에 참여

1914 · 11월 독립운동의 재정적 기반을 구축하고자 정원택, 김진용,

김덕진과 함께 남양(南洋)으로 감

1915 · 3월 남양 생활을 청산하고 싱가포르에 정착

1917 · 12월 싱가포르 생활을 청산하고 중국으로 가서 상해와 북경 등에 체류함

1918 · 7월 중국에서 귀국하여 괴산으로 낙향

1919 · 2월 말 손병희의 의견에 따라 고종의 장례 행사에 참여했다가 3월 15일 낙향하여 괴산 3·1운동 주도함

· 이 사건으로 체포(이재성, 홍용식, 홍성희 등 18명)되어 4월 공주지방법원 청주지청 재판에서 출판법과 보안법 위반으로 징역 2년 6개월의 선고를 받고 복역

· 가족들은 괴산 인산리의 생가를 떠나 제월리 선산 산지기 집으로 이사함

1920 · 4월 28일 감형되어 청주형무지소에서 출소

1921 · 쌍둥이 딸 수경과 무경 태어남.

1922 · 서울로 솔가 이주

· 상해에서 신규식이 서거하자 그를 애도하는 서간체 형식의 글 「육당께」를 〈동명〉(10월 1일)에 게재.

1923 · 에스페란토어 강습회 강사(조선에스페란토협회 주최, 장소는 중동학교)로 활동

· 서울 조선도서주식회사전무로 근무하면서 7월 사회주의 사상단체 신사상연구회 창립회원으로 참가

1924 ·《동아일보》 취제역(取締役-理事) 주필 겸 편집국장에 취임

·《동아일보》「월요만화(漫話)」, 「학예란」, 「학창산화(學窓散話)」라는 제목 하에 칼럼 연재(~1925년)

1925 · 북경에 망명 중이던 신채호의 기고 요청으로 《동아일보》에 그의 사론(史論) 「평양패수고」, 「전후삼한고」, 「조선역사상 일천년래 제일대사건」 등을 연재

· 2월에 조부 홍승목(병조참판) 별세

· 4월에 《동아일보》 사직하고, 곧이어 《시대일보》 편집국장 겸 부사장으로 취임하여 칼럼 「학등(學燈)」 연재(~1926)

· 9월에 비타협적 민족주의자들을 중심으로 한 연구단체 조선사정조사연구회 결성에 참여

1926 · 〈문예운동(KAPF 기관지)〉 창간호(1월)에 「신흥문예의 운동」 기고

· 3월 《시대일보》 사장 취임

· 4월 '정우회'('화요회'를 주축으로 한 사회주의 사상단체)에 참여

· 막내딸 재경 태어남

· 〈문예운동〉 2호(6월호)에 「예술기원론의 일절」 기고

·《시대일보》가 자금난으로 휴간 끝에 발행권 취소로 폐간됨

· 9월 《동아일보》와 《시대일보》에 연재된 글을 모아 칼럼집 『학창산화』 간행

· 10월 평북 정주 오산학교 교장으로 부임

· 최남선의 시조집 『백팔번뇌』의 발문(跋文)을 씀

1927 · 〈현대평론〉 창간호(1월호)에 「신간회의 사명」 기고

· 2월 민족협동전선 '신간회(新幹會)'의 결성에 주도적 역할을 하여 부회장으로 선임되었으나 고사하고 조직부 총무간사를 맡음

· 오산학교 교장 사임

· 각지의 신간회 지부 설립대회에 파견되어 지회 설립 지원(이때 충북 청주, 괴산, 충주 지역에 신간회 지부가 결성됨)

1928 · 10월 제4차 조선공산당사건 관련 혐의로 검거되었다가 불기소로 풀려남

· 11월 21일 《조선일보》에 소설 「임꺽정」 연재 시작

1929 · 〈삼천리〉 창간호(6월호) 및 제2호(9월호)에 「자서전」을 연재하다가 투옥으로 중단

· 6월 28~29일 신간회 복대표(復代表) 대회에서 중앙집행위원으로 선임

· 〈신소설〉 창간호(12월호)에 창간사 집필

· 12월 13일, 신간회 민중대회사건과 광주학생운동에 대한 일제 관헌의 조치를 규탄하는 민중대회 준비 중 검거되어 투옥

· 투옥으로 『임꺽정』 연재 중단되었다가 경기도 경찰부 유치장에서 『임꺽정』 다시 집필

· 12월 24일 구속 송치로 26일 자를 끝으로 연재 중단(「봉단편」, 「피장편」, 「양반편」까지 연재됨)

1930 · 1월 신간회 민중대회 사건으로 기소되었으나 9월에 예심 종결

1931 · 보안법 위반으로 징역 1년6월 선고받고 복역(상소 포기)

1932 · 1월 가출옥하여 아우 홍성희와 함께 정미소 경영

· 12월 「임꺽정」 연재 재개(「의형제 편」부터)

1934 · 추사 김정희 문집 『완당(阮堂)선생전집』 교열

· 9월 4일 임꺽정』 「의형제편」의 연재를 마치고, 15일부터 「화적편」 연재 시작

1935 · 병환으로 금강산으로 요양

· 11월 23일~12월 4일까지 《조선일보》에 「나의 본 大톨스토이의 인물과 작품」연재

· 12월 4일 병으로 임꺽정』 「화적편」의 '청석골' 장을 마지막으로 연재 중단

1936 · 1월 4일 《조선일보》에 「문학에 반영된 전쟁」기고

· 2월 《조선일보》에 조선의 역사와 문화에 관한 칼럼 「양아잡록(養痾雜錄)」 연재

· 2월 28일 《조선일보》에 신채호의 죽음에 대해 「곡(哭) 단재」 기고

· 〈조광〉(4월호)에 「상해시대의 단재」 기고

· 심훈의 『상록수』에 서문을 씀.

1937 · 12월 《조선일보》에 『임꺽정』 연재 재개(「화적편」의 '송악산'부터)

1939 · 홍대용의 문집 『담헌서』(신조선)를 교열

· 문일평 사망으로 《조선일보》(4월 8일)에 「곡(哭) 호암」 기고

· 7월 4일 『임꺽정』 「화적편」 '자모산성'의 서두를 끝으로 연재 중단

· 조선일보출판사 『임꺽정』 4권 간행(~1940년)

· 8월 한용운의 회갑 축하 한시를 지음

· 시국 악화로 경기도 양주군 노해면 창동에서 은둔 생활

1940 · 『조광』 10월호에 『임꺽정』의 연재를 재개했지만 1회 게재 후 중단.

1941 · 서유구의 『누판고』(대동출판사) 교열

1942 · 3월 차남 기무가 정인보의 차녀 경완과 혼인

1945 · 2월 고모 홍정식(조완구의 부인) 사망

· 8월 15일 해방 감격의 시 「눈물 섞인 노래」를 지음

· 9월 에스페란토어 조선학회 위원장으로 추대

· 11월 서울신문사 고문으로 취임

· 12월 조선문학가동맹 중앙집행위원장으로 추대되고, 조소문화협회 회장으로도 추대

1946 · 이태준, 이원조, 김남천의 대담인 「벽초 홍명희 선생을 둘러싼 文學談議」가 『대조(大潮)』 창간호(1월호)에 실림

· 2월 조선문학가동맹에서 주최한 제1회 전국문학자대회에 중앙집행위원장으로서 인사말을 보내 이태준이 대독함

·8월 민주통일당 1회 발기회 개최

·《자유신문》(10월 9일)에 「정치인의 자기비판」 기고

·12월 남조선 과도입법의원 선거에서 관선의원으로 선임되었으나 거부

1947 ·큰아들 홍기문의 『조선문법연구』에 서문을 씀

·8월 여운형 피살로 여운형의 인민장에서 장의위원회를 대표하여 봉도문을 낭독하고 《서울신문》(8월5)일에 「곡(哭) 몽양」 기고

·10월 민주통일당 등 5개당이 통합하여 결성한 '민주독립당' 당수가 됨

·12월 '민족자주연맹'(주석 김규식)의 결성 참가하여 정치위원으로 선임

1948 ·을유문화사에서 『임꺽정』 6권 간행(의형제편 1~3권, 화적편 1~3)

·『개벽』(3월호)에 「통일이냐 분열이냐」 발표

·4월 평양에서 열린 남북조선 제 정당 사회단체 대표자 연석회의 참가 후 북에 잔류

·8월 서울에 있던 가족들이 38선을 넘어 평양에 도착

·8월 해주(당시 38선 이남)에서 열린 '남조선인민대표자대회' 참가하여 제1기 조선최고인민회의 대의원으로 선출됨

·9월 조선민주주의 인민공화국 제1차 내각에서 박헌영, 김책과 함께 3인 부수상 중 문화부수상으로 임명됨

1949 ·2월부터 4월까지 북 정부대표단의 일원으로 소련 방문

· 지역 유림의 발의로 충남 금산에 부친 홍범식을 추모하는 순절비(郡守洪公範植殉節碑)가 세워짐

1953 · 과학원 원장이 됨

· 11월 북 정부대표단의 일원으로 중국 방문

1955 · 평양국립출판사에서 『림꺽정』 6권 간행

1956 · 과학원 중앙위원회 상무위원이 됨

1957 · 8월 최고인민회의 2기 대원원이 됨

· 9월 북조선 2차 내각에서 6인의 부수상 중 한 사람으로 임명됨

· 조국통일민주주의전선 중앙위원회 의장이 됨.

1958 · 국기훈장 제1급 받음

1959 · 4월 최고인민회의 상임위원장 최용건을 수행하여 소련을 방문 후 동유럽을 순방.

1961 · 조국평화통일위원회 초대위원장이 됨

1962 · 부수상직 사임

· 10월 제3기 최고인민회의 대의원, 동 상임위원회 부위원장으로 선임

· 부친 홍범식 선생 대한민국 건국공로훈장 단장(單章) 추서됨

1967 · 11월 제4기 최고인민회의 대의원, 동 상임위원회 부위원장으로 선임

1968 · 3월 5일 노환으로 별세(81세)

· 평양 교외 애국열사릉에 안장